괜찮지 않을까,
우리가 함께라면

성진환×오지은

괜찮지 않을까,
우리가 함께라면

수카

인디언의 속담

인디언의 전래동화에 대한 책을 읽은 적이 있다. 너무 어릴 때 읽었던 책이라 출처가 확실히 기억나지 않을 뿐더러 실제로 그런 대목이 있었는지도 의심스럽지만, 내 마음속에 분명히 남은 문장이 있다. 그것은 바로,

"행복한 일을 말하고 다니면 공기 중의 귀신이 질투를 한다"라는 말이었다.

이상하게 그 말은 나에게 큰 영향을 줬다. 어쩌면 경상도 출신인 어머니의 영향이 있었을지도 모르겠다. 좋은 일은 티 내지 않고 혼자만 알고 있어야 복이 달아나지 않는다고 믿었다.

그런 제가 강아지와 동거인과 함께하는 행복에 대한 글을

쓰게 되었다니 스스로도 어색해서 견딜 수가 없지만, 솔직하게 한번 써내려가보도록 하겠습니다.

Contents

Story 2

Story 3

○ 만화 고유의 재미를 살리기 위해 맞춤법은 저자의 표기를 따릅니다.

역사 속의 마녀들은 대부분
남들이 그렇게 불러서
마녀인 것 같다

원가
다르니까···

그렇게 불러야 마음 편히
받아들일 수 있었겠지

내가 '홍대 마녀'를 사석에서
처음 만난 건
어느 공연 뒷풀이였다

고생
해써~

그 자리의 누구와도
편하게 대화를 주고받는
사람이었다

어쩐지 자리가 가까워서
꽤 많은 것을 알게 되었다

어쩐지 집이 가까워서 택시도 같이 탔다

그렇게 동네에서도 만나고

집에도 놀러 갔다

많은 사람들에게
각자 지키고 싶어 하는
이미지가 있다

가끔은 그것을
방어막처럼 쳐두는 느낌을
받을 때도 있다

이 사람은 정말 그런 게 없었다

나와는 다른 당신의 그런 점이 정말로 멋져요

그... 그런 가요?

자신을 내보일 때도
남의 것을 받아들일 때도
다른 욕망 때문에
주저하지 않았다

그의 음악도 그런 그를 닮았다
어쩌면 이 정도의 솔직함을
편하게 받아들이기 위해

널 갈아 먹고 싶어~

모니터를 보다가...

부끄러워~

둘 다
사랑 노래 (같은 앨범)

'아녀'라고 불러야
했던 걸까?

뭐지 이
간극
!?

나는 여전히
나를 드러내는 게 어렵다

때로는 나를
마주 하는 것도
두렵다

하지만
이 사람과
함께
있으면

자연스럽게
내 속을
들여다보게
된다

나는 이 사람을 재울 수 있는
유일한 존재가 되고 싶었다

에엑 또
못 잤어
?

07:00AM

응 어제
○○ 만나서
늦게까지
얘기 들어
줬거든
···

↑
이런 날이 많고
이런 날은 더 못 잠

나는 그 쓰레기 집을 조금씩 치우며
내 물건들을 하나둘
가져다 놓기 시작했다

지금 또 누가
들여다
보고
갔지!

아오

반지하
원룸의
환기창

치안이 불안하다는 게
좋은 핑계가 되었다

지금도 나는
쓰레기가 적당히 굴러다니는 집에서

방구
낀다!

얍

잘한다!
밤 약은?

β!

먹었지!

잘했다!

여전히 솔직한 이 사랑과
함께 살고 있다

끝

재우는 건 약이 한다

결혼식

결혼을 하게 되었다. 사귄 지 4년이 되던 해 결심을 했다. 결혼에 대해선 환상도 거부감도 없었다. 결혼을 하는 편이 편리하다면 그렇게 할까? 하는 생각이었다. 지금까지 잘 지냈으니 앞으로도 긴 시간 잘 지낼 수 있을 것 같고, 같이 산 지 오래되었으니 달라질 것도 없다는 생각이었다. 신혼부부 대출도 매력적이었다(나라가 머리를 잘 썼다).

하지만 결혼식은 달랐다. 나는 결혼식을 그다지 좋아하지 않았다. 일단 두세 시간 동안 쓰는 돈이 너무 많게 느껴졌다! 축의금으로 대체가 된다는데 그 부분도 신세 지는 것 같아 싫었다. 특히나 신부에게 덧씌워지는 이미지가 불편했다. 순백, 버진로드(으악, 버진이라니), 아버지가 손을 잡고 들어가는 시퀀스, 인생에 한 번뿐인 가장 아름다운 날. (나는 다른 날 여러 번 더 아름다울 예정인데?)

우리 집은 부모님이 이혼을 하고 나는 아버지와 보지 않는 사이라서, 사실 결혼식을 열지 않아도 되었다. 하지만 그의 집은 달랐다. 결혼식이란 한 가정의 완벽한 정상성을 자랑하는 행사 같다. 내가 이렇게 자식을 잘 키워서, 내가 이렇게 친구가 많아서, 이렇게 아름답게 축하를 받는다는 것을 사람들과 친척들 앞에서 자랑하는 행사. 그 행사의 꽃은 신부. 그걸 내가 해야 하다니….

어찌저찌 스스로를 설득해서 결혼식은 하기로 했다. 90세가 넘은 할머니가 성당에서 결혼하는 내 모습을 보면 기뻐하실 것이라는 이유를 붙였다. 내내 혼자 있을 엄마는 조금 마음고생을 하겠지만 어쩔 수 없었다. 문제는 폐백이었다. 나는 그 행사는 진심으로 이해할 수 없었다. 특히나 얼굴도 생소한 친척에게 쉴 새 없이 절하고 대가로 돈을 받는다는 부분. 그래서 폐백은 하지 않겠다고 그의 부모님에게 말씀드렸다. 그랬더니 많이 난처해하셨다. 그분들에게 폐백은 나름의 하이라이트였던 것이다. 그래, 사실 한국 결혼식은 부모님의 행사지. 결혼식을 하기로 한 순간부터 이미 진 것이었다. 난 결국 폐백을 했다.

결혼식의 다른 부분들도 골치 아팠다. 일단 우리는 웨딩 플래너를 고용하지 않았다. 그리고 그는 연말까지 아주 큰 공연을 하고 있었다. 결혼식은 1월 초였다. 식장밖에 정해진 것이 없었다. 자잘하게 해야 할 일이 정말 많았다. 아, 셀프 웨딩을 사람들이 잘 시도하지 않는 데에는 역시 이유가 있었다. 식장에서는 오전에 결혼하는 사람과 꽃값을 반반씩 대라고 했는데 그 꽃값이 그렇게 아까웠다. 잠깐 장식하고 마는, 내 취향도 아닐 꽃에 그렇게 돈을 쓴다고? 하지 않기로 했다(오전 타임 부부, 미안해요). 성당에서 결혼하기 위해 받았던 한나절 교육은 정말 나와 맞지 않았다. 낙서를 미친듯이 하며 시간을 때웠다.

드레스는 80퍼센트 세일하는 외국 사이트에서 샀다. 다행히 잘 맞았다. 친한 사진가 언니가 집 앞 한강에서 결혼 기념 사진을 찍어주었다. 한겨울 어느 낮, 햇볕이 옅게 예쁘던 날 드레스 위에 코트를 받쳐 입고 갈대밭에서 사진을 찍었다.

결혼 며칠 전에, 아, 그래도 손님들이 오는데 좀 정성을 보여야 하지 않나, 하는 생각이 들었다. 이케아에서 급하게 액자를 주문했다. 지금까지 둘이 찍은 사진들을 몇 장 현상했다. 우리 결혼식이라는 걸 티는 내야 할 것 같아서 이젤에 큰 액자를 놓기로 했다. 그 말은, 이젤도 큰 액자도 준비해야 한다는 뜻이다. 꽃은 친한 친구가 담당해주기로 했다. 하지만 꽃병이 없었다. 급히 이마트에 가서 꽃병인 듯 유리 반찬병인 듯싶은 것들을 대량으로 샀다. 이번에는 꽃병과 사진을 놓을 테이블 위에 깔 천이 필요했다. 친구와 동대문에 가서 천을 고르고 지하에 가서 오버로크를 쳤다. 이게다 뭐지? 눈이 돌아갈 것 같았다.

결혼식 전날, 액자에 사진을 겨우 다 끼우고 밤이 되어서, 나 내일 예뻐보여야 하지, 하고 집 앞 경락집에 갔다. 저 내일 결혼하는데 경락 좀 해주세요, 하고 말했더니 원장님이 너무나 놀라더니 결연한 표정으로 말했다. 해봅시다.

당일에는 머리를 풀고 레드 립스틱을 바르고 닥터마틴 워커를 신었다. 그것이 내가 유일하게 할 수 있는 나스러움이었다.

결혼식에는 친구들뿐만 아니라 같이 일하던 회사 동료들, 전에 일하던 동료들에게까지 도움을 받았다. 정말 이 은혜를 어찌 갚을지 정신이 아득했다. 웨딩 플래너는 소중하고, 드레스 이모님도 소중하고, 한국의 결혼식 패키지는 소중한 것이다. 나는 주변 사람들을 갈아서 결혼식을 치러냈다. 아직도 마음의 짐이다.

그의 손을 잡고 같이 입장을 해서 우리가 좋아하는 신부님의 주례를 들었다. 신부님은 가수들 앞에서 노래하는 것이 민망하다고 하시더니 노래를 거나하게 하셨다. 그리고 각자의 다짐을 읽게 하셨다. 내 다짐은 그냥 평범한 얘기였지만 그는 조금 특이한 다짐을 했다. 결혼으로 그녀의 예술성을 해치지 않게 하겠다는 것.
그리고 결혼식을 하고 나서야 결혼식의 의의를 알게 되었다. 결혼이라는 것, 성인 둘이 오래 같이 살겠다고 다짐하는 일은 참 어려운 것이라, 사람들 앞에서 공식적으로 그것을 말하고 축복을 받으며 힘을 받는 것. 마치 60년어치의 생일파티와도 같은 축복. 그런 것이구나 하고.

그리고 신혼여행을 갔는데, 이 얘기는 다음에.

결혼식에 대한 로망이
전혀 없는 두 사람이었지만

결혼을 결심하고 약속하는 순간은

늘
감동적이었다

그래서 프러포즈만큼은
정성껏 하고 싶었다

물론 한국인답게
예식장부터
잡은 상태

열심히 쓴
편지와

열심히 고른
목걸이

그래봐야 이 둘이 전부지만···

마침 독일 여행을 가게 되었고

슈니첼
먹으러
가즈아~!

두근

여행 중 가장 낭만적인 순간에
편지를 직접 읽기로 결심했다

두 번째는 독일 알프스 최고봉
추크슈피체

정상에
작은 교회도
있다고
들었어!

로맨틱!

꽃도 샀다.

만년설을
배경으로
프러포즈를 하자!

최악의 날씨였다

←교회

을씨년

커피나
마시고
내려가자

응

물론 실패

매일 새벽
몰래 일어나

애꿎은
편지만
자꾸 고쳐 썼다

와~
실패
해서
다행~

Tip) 여자친구가
에세이 작가인 경우
본인의 편지가 스스로
하찮게 느껴지기 쉽다

그러다 집에 왔다

역시~
집이 좋구나~!

털

쩍

꽃은 호텔 옷장 안에
두고 왔다

응.

다행히
기뻐하며
받아주었다

이사통에 편지는 사라졌지만

가장 좋아하는
우리만의 공간에서—
우리만의 편안함을 되찾은
딱 그 순간! 응? ㅋ—

그건 모르겠고
너다운
프러포즈이긴
했어 ㅋㅋ

신의
한 수

웃으며 떠올릴 수
있다면 그걸로 Okay···

끝

신혼여행

사실 우리의 결혼은 펄 잼이라는 밴드가 시켜준 것이다. 무슨 소리인가 하면,

어느 여름이었나 가을이었나, 그가 나를 부르더니 컴퓨터 모니터를 보여주었다. 그가 평생을 바쳐 좋아하던 그 펄 잼이 오랜만에 공연을 한다는 소식이었다. 첫 공연은 1월 17일 뉴질랜드의 오클랜드에서 열리는 '빅 데이 아웃'이라는 록 페스티벌. 그걸 보고 난 이렇게 얘기했다.

"그럼 1월 4일쯤 결혼하면 되겠네."

우당탕탕 결혼식을 마치고 신혼여행을 갔다. 첫 행선지는

피지였다. 뉴질랜드에서 모든 시간을 보내긴 싫었다. 어딘가 신혼부부스러운 시간을 보내고 싶어 피지의 아주 작은 섬에 있는 아주 작은 리조트를 예약했다. 본섬에서 보트를 타고 한참을 들어가야 하는 곳. 식료품을 실은 작은 보트 한편에 앉아 갈색의 강 위를 달리며 생각했다. 아, 내가 어딜 가고 있는 거지. 무슨 짓을 한 거지.

그렇다. 나는 서울쥐였던 것이다. 넓은 도로와 경찰과 스타벅스가 있어야 안심을 하는 그런 서울쥐. 그런데 상어가 나올지도 모르는 망망대해에 외로이 떠 있는 섬에 일주일을 있겠다고 예약을 해버린 것이다. 병원도 없고 경찰도 없는데. 내 옆 방갈로 사람이 전설의 범죄자이면 어쩌지… 망상은 시작되었고 멈출 수 없었다.

그러나저러나 리조트는 좋은 곳이었다. 바다가 바로 앞에 있는 프라이빗한 방갈로. 바닷가에 놓인 테이블에 앉아서 먹는 삼시 세끼. 풍경은 말 그대로 그림 같았고 해변에서 먹는 식사도 멋졌다. 충분한 호사였다.

여러 가지 액티비티가 있었다. 우리는 스노클링을 골랐다.

안 그래도 외딴 섬에 있었는데 더 외딴 섬으로 들어갔다. 해를 가릴 곳도 없는 작은 무인도. 크루들은 돗자리를 깔고 샌드위치를 꺼내줬다. 우리는 자유롭게 바다를 헤엄쳤다. 햇볕이 엄청났다. 그리고 그는 일사병에 걸렸고 거기에다 고질적인 허리 통증까지 왔다.

문제는 여기가 외딴 섬이라는 것이었다. 우리는 매점에서 고가에 판매하고 있는 단 한 종류의 진통제 파나돌에 의존할 수밖에 없었고 파나돌은 그에게 더럽게 들지 않았다. 옆 방갈로에서 묵던 독일인 가족이 우리가 불쌍했는지 바르는 진통제를 주었다. 그걸 계속 바르며 〈반지의 제왕〉 감독판을 보았다. 창밖에는 가짜같이 아름다운 풍경. 내 옆에는 병든 사람. 모니터 안에는 웅장한 뉴질랜드의 풍경. 절대 반지. 내 손에도 반지. 아, 내가 지금 어디 있는 거지. 무슨 짓을 하고 있는 거지. 해파리가 무서워 바다수영도 못 하고 그저 방갈로에서 웅크리고 있다가 병간호를 했다가 하며 세끼 밥만 꼬박꼬박 먹었다.

뉴질랜드로 이동하기 위해 수도인 수바로 이동했다. 뻔한 힐튼 리조트를 하루 잡았다. 24시간 열려 있는 작은 카페에서 카푸치노를 마시고 감동했다. 깨끗하고 따뜻한 물이 차

있는 얕은 수영장에서 별을 보며 감동했다. 아, 나는 별수 없다. 아름다운 대자연보다 적당하고 재미없는 이런 곳이 안심되고 좋은걸.

그리고 뉴질랜드에 가서 자동차를 빌려 북섬과 남섬을 돌며 나름의 '반지의 제왕 투어'를 했다. 영화를 찍은 호비튼에도 갔다. 그렇게 즐거운 시간을 보내고 대망의 펄 잼 공연 날이 왔다.
우리는 페스티벌을 꿰고 있는 사람들답게 거의 펜스를 잡을 정도로 앞에 다가갈 수 있었다. 눈 바로 앞에 펄 잼이 있다! 펄 잼이 연주를 시작했다! 그리고 내 옆에 있던 어떤 미친놈이 오줌을 싸기 시작했다. 진짜로. 갑자기. 서양 돌아이들은 레벨이 다르다더니, 그런 놈이 바로 내 옆에 있었다.

주변 사람들이 그에게 항의했다. 하지만 그 오줌맨은 버텼다. 펄 잼이 연주를 한다. 사람들 모두 이 순간을 놓치기 싫었을 것이다. 항의는 금세 사그라들었고 그는 의기양양하게 공연을 보았다. 나는 그런 사람이 내 바로 옆에 있다는 사실에 미칠 것 같았다. 진환에게 말했다.

"미안해. 나는 안 되겠어. 너는 재미있게 봐. 뒤에 가서 앉아 있을게."

나는 수많은 사람을 뚫고 뒤의 계단 자리로 갔다. 해가 뉘엿뉘엿 지고 있었다. 이게 뭐지. 여긴 어디지. 나는 뭐 하고 있는 거지. 이건 내 인생의 무슨 순간이지. 옆의 핫도그 트럭에서 맛있는 냄새가 났다. 그가 나타났다. 이 커다란 페스티벌장에서 어떻게 날 찾았지? 신기했지만 여하튼 나타났다.

"가까이서 보고 싶지 않았어?"
"괜찮아. 나는 같이 보고 싶어."

우리는 커피와 핫도그를 먹으며 같이 성냥보다 작은 펄 잼을 보았다. 보컬은 포도주를 병째로 들고 벌컥벌컥 마시며 구성지게 노래를 했다. 주례 선생님이 떠올랐다. 나는 여전히 펄 잼을 별로 좋아하지 않지만 그날 밤의 공연은 근사했다.

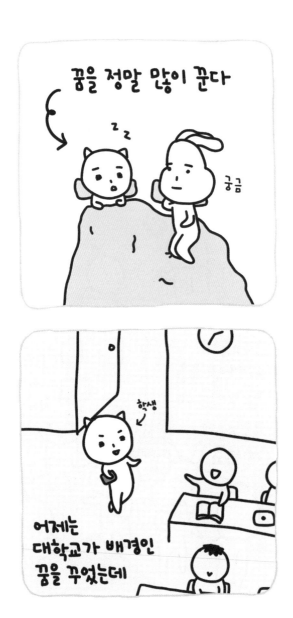

규칙적으로 같이 식사하는
루틴을 만들고 싶은데
뭔지가 않다

뭉돌아 나 오늘
그만 쓸 거야
그리고 지금 너무
배가 고파

떡볶이
먹을까

아 나 지금
엄추기가 좀..
글구 나는 아까
빵 먹어서..

떡볶이
자제 중

그리고 은근히
부작용이 있다

WHAT?

으윽

최악

만성
소화장애

아무 때나 아무거나
먹고 때우거나
아예 안 먹거나
밤 늦게 먹고 자거나
하다 보니

비만

자신이 배고플 때 먹고
상대방이 배고플 때 또 먹음
쓰레기가 나오는걸 싫어함
(그냥 갖는 법을 모름)

그 밖에도 많음 · · ·

47

그뿐 아니라
직장인 여러분과 함께 식사하며
부지런한 기운까지
얻어 오기도 한다

응 그쪽도~

이따 퇴근하구 한잔 해나~?

그럼 오후 시간도 힘내라구!

껄 껄

물론 오래 가지는 않는다

바깥 세상 무서워 ...

만사 구찮아 ...

끝

어느덧 식사가 끝나고

얼마 전 침실에서
무심코 창밖을 보는데

헉 저게
뭐야아!

으아아아
왜왜왜
왜왜왜

유리창과 방충망 사이에
무언가 어마어마한 녀석이
들어와 있었다

고오오오오...

아니 저길
어떻게
들어왔지
ㅠ_ㅠ

무슨 돌연변이 알벌 포켓몬의
최종진화형처럼
생겼어 ㅎㄷㄷ

파주살이는

20대 중반부터 홍대에 살았다. 홍대에서 일하고 홍대에서 놀고 홍대에서 회의하고 홍대에서 공연하고 홍대에서 커피 마시고 홍대에서 맛집 찾아다니고, 내 세계는 마포구 안에서 거의 다 해결이 되었다. 음악하는 친구들 집도 근처라서 갑자기 불러낼 수도 있었다. 같은 일을 하는 동네 친구들이 있다는 게 얼마나 위로가 되던지. 날씨가 좋으면 아지트처럼 모이던 카페의 야외 좌석에서 바질 페스토 파스타를 먹으며 수다를 떨었다. 늦은 밤에는 24시간 맥도날드에 모여서 감자튀김을 먹었다. 그저 즐겁고 따뜻하고 좋았다. 동네에도 흥이 있었고 내 안에도 흥이 있었다.

무언가가 변해가는 이유는 딱 집어서 얘기하기 힘들다. 친구들이 싫어진 것도, 바질 페스토 파스타가 맛없어진 것도, 감자튀김이 시들해진 것도 아니었다. 하지만 작은 변화들이 있었다. 망원동이 개발되기 시작했다. 사람이 많아졌다. 집에서 가장 가까운 카페에 커피를 사러 가면 업계 사람들이 미팅을 하고 있었다. 전셋값이 껑충, 정말로 껑충 뛰었다. 친구들도 한 명씩 이사를 가기 시작했다. 조금 더 자신의 현재 생활에 맞는 편한 곳을 찾아 떠났다. 내 내면의 변화도 있었다. 설명하기 힘든 기분이었지만 조금 더 조용한 곳에서 지내고 싶었다. 가라앉아 있는 곳. 들뜨지 않은 곳. 유행과 상관없는 곳. 한적한 곳. 나무가 많고 길이 넓고 사람이 없는 곳.

그런 곳이 어딜까 생각하면서도 파주는 한 번도 떠올려보지 않았다. 파주? 북한 아래 있는 파주? 군부대 많은 파주? 강남보다 개성이 더 가깝다는 파주? 자유로도 왠지 어색했고 좌우지간 마음의 거리가 너무 멀었다. 그러다 파주에 사는 지인의 집에 초대를 받았다. 그의 거실 소파에 앉아 세 시간을 보내고 우리는 흠뻑 반해버렸다. 커다란 창밖으로 나무들이 보였고 햇살이 집 안 가득 들어왔다. 무엇보다 조용했다. 차분하구나. 망원동이랑은 정말 다르구나. 일터와

물리적 거리를 둔다는 게 이런 거구나. 홍대까지 한 번에 가는 버스도 있고. 망설일 이유가 없었다.

그리고 파주에 왔다. 지하실이 있는 집을 구했다. 녹음실이 생겼다. '장단콩 스튜디오'라고 이름 붙였다(장단콩은 파주의 특산품이다). 일단 공간이 분리가 되니 너무 좋았다. 둘 다 음악을 하다 보니 작업을 동시에 하면 소리가 섞이는데, 그게 참 난처한 상황이라 지금까지는 번갈아가며 작업을 하곤 했다. 이젠 그럴 필요가 없다. 근방에 좋은 카페도 많았고 산책할 곳도 많았다(집에만 있는 집순이에게도 이런 것들은 중요하다! 비록 카페에 잘 가지 않고 산책도 별로 안 해도… 갈 수 있는 가능성이 있다는 것이 중요한 것이다!). 그리고 진짜 사람이 없었다. 안개가 낄 때는 공포 게임의 도입부처럼 느껴질 정도였다. 편의점이 밤이 되면 문을 닫는다는 사실을 믿겠는가? 이젠 놀라지 않는다. 일찍 가면 되니까 뭐….

돌이켜보면, 한참 개발되던 망원동은 세상이 빠르게 돌아가고 있고 나는 그 속도를 못 맞추고 있다는 불안감을 내게 주었던 것 같다. 파주의 하루는 느렸다. 나는 그게 좋았다.

의외로 심심하지도 않았다. 모르는 사람들이 있는 왁자지껄한 술자리가 슬슬 피곤하게 느껴지는 시기였다. 동거인과 나는 각자 시간을 보내고 일을 하다가 저녁이 되면 같이 무언가 재미있는 걸 보고 잠이 들곤 했다. 가끔은 정말 친한 친구들이 먼 길을 달려와주었다. 손님용 침구를 마련했다. 우정은 자유로를 달리게 한다.

이러쿵저러쿵 파주에 산 지도 꽤 되었다. 일이 있으면 시내에 차를 타고 나가서 해결하는 것도 익숙해졌다. 다이소와 올리브영을 보면 필요 이상으로 흥분하는 묘한 버릇이 생겼다(시내 나왔을 때 필요한 걸 사둬야 하니까!). 지난번엔 홍대에 가서 뭘 먹을지 고민하다가 버거킹에 갔다. 신제품 버거가 궁금했으니까. 우리 동네에는 곤드레 밥 맛집은 있어도 버거킹은 없으니까. 아, 역시 꿀맛이었다. 홍대는 눈이 돌아가게 멋지지만 가끔 가는 걸로 만족이다. 조금 촌사람이 된 것 같지만, 일단 가능한 한 길게 이렇게 지내볼까 하고 있습니다.

비 오는
날의
건조대
이야기

오랫동안 쓴 건조대를
해체해서 버리고

아오!

끼잉

테이프

부러짐

철저한 비교분석 끝에
지금의 건조대를 사서
쓰고 있다

이거
이거

오ㅋㅋ굿

이걸로 결정한
이유는 바로 이
움푹 파인 부분

한 번에 쉽게
접히는 것도
맘에 들고

착

암튼 이거
만드신 분
상 받아야 된다

그리기
넘
귀찮았
습니다

유일하게
마음에
걸린
점

택배 상자

남편이 아내에게 선물을 하면

반찬이 달라지는 ~ ♪

△○ㅁ
건조대

허리··
···!!

그런 문구를 넣으신 데는 대략 이런 의식의 흐름이 있지 않았을까…

- 이런 새롭고 인간공학적인 제품 설계에 관심을 가지는 건 아무래도 남자 쪽일 것이다

- 그 남자의 가정에서는 아마도 여자 쪽이 빨래 널기와 반찬 만들기를 전담하고 있을 것이다

- 빨래 널기를 조금 편하게 만드는 도구를 선물로 받으면 그것을 통해 아낀 노동력을 맛있는 반찬을 만드는 데 투입함으로써 상대방에게 보답할 것이다

우리 집은 셋 다 아닌데

그 전에 선물로 빨래 건조대는 좀…

남성 소비자를 공략한다면 차라리 이런 카피는 어떨지

아재요

당신의 소중한 허리를 아껴주세요~

이것은 왠지 본인뿐 아니라 파트너에게도 어필 가능한 …

끝

69

요가를 시작했다

몇 달을 벼르고 벼르다
둘 다 요통 환자가
되고 나서야···

으···

이런
고통이었구나
···

끝나고 칭찬도 들었다

운동뽕이 차올라서
바로 3개월치 등록!

...할 뻔했으나
다행히 이성을 찾고
한 달 등록했다

고양 스타필드에 다녀왔다

엄청 크고 댕댕이도 많고
맛집도 많았다

♪ 탄탄면~

안
두~ ♫

집에 와서 TV를 켰더니
생생정보 시간이었다

아니 왜 또 배가 고프지?

너무 많이 걸어서 그런가 ..

이 집의 비법은 바로~

우와~

이왕 이렇게(?)된 거
웨스턴돔에서 저녁을 먹고
레디 플레이어 원 4D를
보기로 했다

시간이 딱이야!

그저 신낭

하루에 고양시를 두 번이나 가다니 ...

집에 있기 좋아하는 파주 시민 둘에게는
정말 이례적인 행보

88

광고가 끝날 때쯤 도착했다

깡짝

이 와중에 응

배고파
죽기 전에

핫도그
주세요

들어가자마자 영화가 시작됐고
앞 부분은 역시 어두웠다

서러움…

같이 있었다면
이런 꼴은
아니었
겠지
…

처덕   처덕

억지

(사람이 별로 없어 다행이었다)

95

다행히 영화는
매우 재미있었다

휴
무사히
돌아왔어

퍼시픽 림 역시
짱짱 승..

게다가
핀 〈스타워즈〉이
주인공이었어 히...

그리고 잠시 후

띠링~

지금 끝났어!!
재밌었어 ㅋㅋㅋㅋㅋ
엄청 웃으면서 봤어!

나도ㅋㅋㅋ
난 심지어 몇 번
울컥했어 ㅎㅎㅎ
은근 감동적ㅋ

토
토 토

같이 있었다면
이런 일은
불가능했겠지...

9년 만에
처음으로
조조 영화
같이 보기
성공

끝

식당

다시 집

건조기

짜잔

라는 것을
몇 달 전에 샀다

와아
이것 좀
봐봐
이거는
정말 우리의
삶의 질을 높이기
위해 꼭 필요한
바로 그것이구나
하는 확신이
들지
않니

그것을 실제로 사용하고
유지·관리해야 할 운명임을
알고 있는 자의 심란한 모먼트

처음 이녀석을 돌릴 때
얼마나 설렜는지 모른다

쿠구구구   두두두

이걸 두 눈으로 직접
보게 될 생각에   ↙필터   수북

흐아아아아악   먼지

페미니스트 부부

나는 페미니스트다. 말하고 나니 왠지 새삼스럽기도 하고
머쓱하기도 하지만 그렇다. 거창할 것은 없다. 여자와 남자
는 평등하다 믿고, 동일 노동 동일 임금을 지지하는 것. 여
성들은 차별받아왔고 현재도 차별받고 있다는 점을 인식
하고 고치고 싶어하는 것. 소수자들의 인권을 생각하는 것.
그게 내가 생각하는 범위의 페미니즘이고 다행히 동거인
도 같은 생각을 가지고 있다.

그래서 그가 남자라서 무언가 더 짐을 많이 진다거나, 내가
여자라서 짐을 더 많이 진다거나 하는 것은 없다. 그에게는
나를 부양할 의무가 없고, 나에게는 그를 서포트할 의무가
없다. 우리는 서로를 부양하고 서로를 서포트한다.

집안일은 이런 식이다. 아침은 그가 주로 차린다. 아침에 내가 정신을 잘 못 차리기 때문이다. 청소기도 그가 돌린다. 내가 청소기 소음을 싫어하기 때문에. 요리는 내가 주로 한다. 그럼 뒷정리를 그가 한다. 빨래는 내가 세탁기를 돌리면 그가 걷는다. 내가 가끔 우울증이 심해져서 사람 구실을 잘 못하게 되면 그가 집안일을 많이 담당한다. 그의 허리가 나빠져서 굽히는 동작을 못 하게 되면 식기세척기는 내가 돌리고 빨래도 전담한다. 상황이 되는 사람이 일을 하고 상대는 그걸 고마워한다는 것이 우리의 룰이다.

하지만 더 깊게 파고들어보면, 특히 결혼을 하면 "여남은 평등하지. 그럼, 그렇고 말고" 이렇게 깔끔하게 말하고 끝낼 수 없는 부분이 많다. 특히 나의 며느리라는 지위가 그렇다. 동거인의 부모님은 "시집살이를 시키지 않겠어" 하고 다짐하신 듯 날 배려해주시는 부분이 많지만, 그래도 난 상당한 거리감을 느낀다. 이 얘기는 일단 여기까지.

그도 처음부터 능숙했던 것은 아니다. 극초반에는 몹쓸 중립맨이었다! 절대 해선 안 되는 말들, 예를 들어 "네가 과민한 거 아닐까" "그런 의도로 말씀하신 것 아닐 거야" 이런 말을 반복했다. 맙소사. 그 시절을 다시 떠올리면 검은 안개가 몰려오는 것 같다. 나는 그때 몸을 던져 하소연했다. 그러면 안 된다고. 그건 중립조차도 아니라고. 너는 너의 가족에 적응해서 이런 상황과 말이 당연하게 느껴질지 모르겠지만 내 기준에선 이상한 일이라고. 그런데 네가 그렇게 말해버리면 난 정말 혼자가 될 뿐이라고. 완전히 불을 뿜었다. 다행히 그는 말을 이해했다.

그래서 룰을 정했다. 중립맨이 되지 않을 것. 내 입장에서 생각해볼 것. 부모와 분리가 될 것(많은 사람의 경우 부모와 자신을 동일시해서 부모에 대해 불만을 얘기할 때 과하게 발끈하는 경향이 있다). 이제는 나와 둘이 가족이 될 것. 내가 받고 있는 차별이나 부당함에 대해 온전하게 인식하기.

지금은 만난 지 12년째, 결혼한 지는 7년째. 큰 트러블 없이 지내고 있다. 효도는 각자 하기. 돈은 각자 열심히 벌기. 재미있는 일은 같이 하기.

도착한 곳은   다름 아닌

아리랑 떡볶이

대체
어떨길래…   두근
두근

이런 느낌의
즉떡이었다

하읍

2인분
9000원

밀떡 반 쌀떡 반
라면 반 쫄면 반

110

첫술을 뜨는 순간

중학교 시절의 어느 장면이 떠올랐다

XX 맛있다~

아아 이 맛은!

적당히 달달하고

덜 자극적인

와 정말 딱 그때 맛이 먹던 . . .

거웃 거웃

아련함은 잠시뿐

국물이 졸아들면서 무서운 속도로 맛이 깊어졌다

야끼

만두

앙

대체 어디 까지 맛있어질 계획인지 궁금할 지경

절묘한 비율—

후룩 후룩

파파 팟

팟팟

계란 파리술

퍽 퍽

111

한동안 일본 드라마
'고독한 미식가'에
푹 빠져 있었다

하라가···
헷 다!

(배가 고파졌다)

고로
아저씨
(주인공)

그러다 도쿄에
가게 되었다

하라가···
헷··

알어
알어

빨리
따라
와 좀

116

할머니도 어머니도 친절하시고
음식은 정성스러웠다

고로 상이 엄청맛있게 먹었던 것들

가츠오 사시미

명란

토마토초절임

낫또

정임

기본반찬

새싱튀김

정임

쇼가야끼

밥

미소시루

정말 다 맛있었다 T.T

특히 이거··· 부타바라쇼가야끼

집 앞에 있다면
이것 때문에 일주일에
세번 이상 올거 같은 맛이었다
(뭉둘이, 3X세, 한국)

돼지 뱃살   생강   구이

새로
시작하는
기분♬

굿
초이스

짝
짝

쌀밥이랑
궁합
최고

한 접시
추가해서
혼자 다 먹음

나왔습
니당~

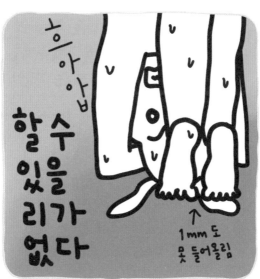

하지만 이런 자세는
꽤 가볍게 할 수
있게 되었다

이열~

▲ 영화 「엑소시스트」(1973)
의 한 장면

후-

하아-

30여년간 마음대로 움직여본
적이 없는 내 몸 구석구석을
깨우고 단련하는 기분이
정말 좋다

흐-

후-

중간 등을 수축하는
힘을 유지하세요~

요가한 지 2주쯤 지났을 땐가
역대급 재채기가
한 번 왔었는데

에에··

에···

이때 자동적으로
허리가 안 좋은 사람들은
다가올 충격에 대한
대비 태세를 취함

!

놀랄 만큼
아무런
데미지가
없었다

에엣
취

응?

그리고
등 뒤에서
이제껏
만난 적 없는
어떤 새로운
힘을 느꼈다

※몸의 묘사는 당시의 기분을 표현한 것으로 실제와 크게 다를 수 있음

한 시간 반 내내
숨이 들어가고 나가는 걸
계속 느끼면서
숨 쉬는 것만으로
사실 이미 좋다

가장 힘든 점은 　　　이거··

요가
가자

요즘은 걍
이렇게
깨움
...

넹

어느 날 선생님께서
이런 문자를 보내셨다

오픈 0주년 기념 이벤트
1년 회원권 스口원 (VAT 별도)
선착순 20명

쌤

서···
선착순
!!?

늘 차분하던 선생님의
파격적인 마케팅에
놀란 나는

화이
팅...

↑
3개월
등록

어차피
얘
오면
이제
여행도
못 가고...

ㅎㄷㄷ

그렇게
앞으로 1년간
매일
요가를
하기로
했다

1년 후에
계속

123

동네에서 구조된 노랑이 자매를
만나러 갔다가

있는지도 몰랐던,
전혀 다른 분위기의 까망이에게

제대로 치여버렸다

발견되었을 때

이미 죽은 형제들을
혼자서 가만히
핥아주고 있었다는
이야기를 들었다

아가야
· · ·

그날
우린 이미
아이의 이름을
지었다

같이 보러 가주신
레오 부모님

흑돌?
흑줌?
흑맨?
와칸다!?
쇼스타코비치?
김철인?

좋은 메요!?

흑당?

어 좋다!
흑당라떼 ~
흑당아 !!

그런 만큼 더 열심히 준비했다

심지어 장 청소까지···

다음 날

흑당이를 처음 만난 날

처음엔 다른 강아지였다. '포인핸드'에 올라온 공고를 보다가 귀여운 여우를 닮은 아기 강아지가 마침 집 근처 동물병원에 구조되어 있다고 해서 가벼운 마음으로 보러 간 것이었다. 아주 활발한 아기 강아지 두 마리를 예뻐해준 후 내 눈은 구석에 웅크리고 있던 까만 강아지에게 멈췄다. 그 강아지는 숨은 쉬고 있나 싶을 정도로 가만히, 아주 가만히 구석의 먼지 덩어리처럼 있었다. 안아보았더니 저항도 하지 않고 좋아도 하지 않았다. 인연은 신기하다. 도무지 이성적이거나 과학적인 부분이 없다. 왜 마음을 뺏기게 되는지, 어떤 인연은 길게 이어지고 왜 어떤 인연은 짧게 끊기는지 우리는 쉽게 설명할 수 없다. 내가 흑당이를 처음 만났을 때의 기분이 그랬다.

병원을 나와 밥을 먹으러 가서 계속 이름을 생각했다. 이상하고도 강한 이끌림이었다. 다른 사람들도 흑당이를 데려가고 싶어 한다는 말을 듣고 매일 병원에 가서 어필을 했다. 저희는 프리랜서고 시간이 많고 산책도 하루에 두 번 이상 시킬 수 있으며 어쩌고저쩌고. 6일째가 되어서야 드디어 병원에서 내 냄새가 밴 물건을 가져와도 된다는 말을 했다. 나는 전날 입고 자던 스타워즈 티셔츠를 흑당이의 옆에 둘 수 있었다. 다음 날 가보니 예쁜 프린트는 전부 뜯기고 오줌으로 티셔츠는 흥건히 젖어 있었다. 너무 기뻤다.

흑당이가 온 후로 나는 안절부절한 기분을 멈출 수가 없었다. 우리 집은 침실이 2층에 있고 흑당이는 주로 1층 거실에서 지냈는데, 저 작은 생명이 잘 지내고 있는지 뭔가 파괴하고 있는 건 아닌지 잠을 잔다면 어디서 자고 있는지 신경이 쓰여서 편히 쉴 수가 없었다. 아주 작은 생명이라도 생명은 생명이라 새로운 룸메이트가 생긴 거나 다름 없어 밸런스를 새로 잡아야 했다. 이제 우리는 둘이 아니고 셋인 것이다.

아기 흑당이는 밤에 삐이삐이 울곤 했다. 아직 계단을 올라오는 법을 몰라서 우리가 보고 싶어도 1층에 있을 수밖에 없었던 흑당이는 깊은 밤에 갑자기 삐이삐이 울었다(분리해서 자는 것이 좋다는 말을 듣고 그렇게 했지만 지금은 조금 후회가 된다). 그럼 잠귀가 밝은 내가 일어나서 1층에 갔다. 캄캄한 어둠 속의 까만 흑당이. 불을 켜면 그제서야 보이던 작고 작던 흑당이. 난 어찌할 줄 모르고 그 옆에 앉아 괜찮아, 괜찮아, 하고 말하는 수밖에 없었다. 아기를 잘 달랠 줄도 강아지를 잘 달랠 줄도 모르던 나였다. 그럼 흑당이는 울음을 멈추고 금방 괜찮아졌다. 우리는 그렇게 서로의 존재를 확인했다. 나는 너에 대한 이런 마음이 있어. 나는 앞으로 너에게 이런 마음을 줄 거야.

훌쩍 커버린 흑당이는 이제 1층에서도 어디서도 혼자 쿨쿨 잘 잔다. 삐삐 울던 아기는 없다. 늠름한 흑당이는 다 잊어버렸는지도 모른다. 처음 비트박스를 듣고 너무 무서워서 오줌을 싼 일이라든가, 엄마가 야식을 먹을 때 몰래 주던 고구마 말랭이라든가. 그래도 누더기가 된 스타워즈 티셔츠를 아직 좋아하는 걸 보면 조금은 남아 있는지도 모른다. 우리가 처음 주고 받은 마음. 쌓여온 마음. 그런 것들.

흑당이가 집에 온 지
보름이 넘은 지금

내가 느끼는 좋은 점들

하루하루가 기대된다

오늘은 얼마나 나를
더 반가워해줄까

오늘은 얼마나
니 마음을
더 잘 이해할
수 있을까

오늘은
얼마나
더
친해질까

팽글 팽글

140

3. 청소는 틈날 때마다

심지어
애가 최대한
스트레스 안 받게
동선을 최소화하려
노력 → 집안일이 뭔가
간결해짐 !?
(반사이익)

긴 장

사사삭

위이잉

슉슉

그리고
시간의 흐름을
더 신경쓰게 된다

밥 먹고
응가 한번
할 때가
됐는데 · ·

이야아앙

이케아
두 번
다녀온
이야기

이런
계획
이었다

거실에 놓은 수납장
(이걸 하나 더 사서 지하에 두고
음반을 모두 옮기자)

아끼는
LP들

까
드
득

까득

칸에 꼭 맞는 수납함
(이걸 2개 더 사서
아랫줄 네 칸을 모두 막자)

이놈
자식 … T.T
그래도 사랑해♥

148

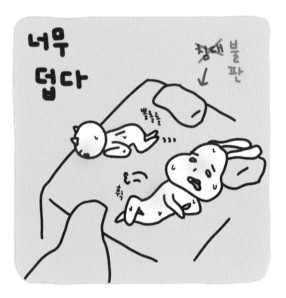

예방접종이 아직 한 번 남아서
여전히 걱정되고 조심스럽지만

이웃 강아지들이랑 만나게 되면
얼마나 기뻐하는지 모른다

그리고 이웃을 만나 기쁜 건
흑당이뿐만이 아니었다

우다다

찹

슉

이리 와!

어

하이 파이브!

엎드려! 기다려!

착

척

사료 알갱이 하나면

손!

무엇이든 할 수 있다

가끔 식감이 마음에 들지 않는 음식을 만나도

크~

리스 펙

할 수 있다!!

굴

어떻게든

먹는다

가끔 새벽까지 잠을 못 이룬
엄마가 야식을 먹으면

땅이
언제
왔어
에구‥

늘름

자다 깨서 따라와
곁을 지켜준다고 한다

약간 이런
기분이라고
한다

나도 나지만
엄마도 참
대단하다 ···

이
시간에
···

뭐
왜

끝

159

사랑에 대하여

언제부터였을까.

사랑을 느끼게 된 것은.

강아지를 좋아하지만 세상 모든 강아지를 사랑하진 않는다. 왜냐하면 모르는 강아지이기 때문이다. 흑당이는 미칠 듯이 귀여웠지만 처음엔 역시 모르는 강아지라 운명을 느낀 것과는 별개로 애정이 단숨에 100퍼센트가 되진 않았다. 애정보다 걱정이 앞섰다. 아기 강아지들은 공복토라는 것을 한다. 밥을 몇 시간 단위로 조금씩 먹이지 않으면 토를 하는 것인데 세상에 얼마나 불쌍하던지. 그리고 막 이가 나기 시작한 흑당이는 어찌나 내 책장 맨 아래층 그림책 등을 물어뜯기를 좋아하던지. 마냥 예뻐하기엔 걱정할 거리가 너무 많았다. 게다가 어디를 만져야 좋아하는지, 언제 어떻게 날 원하는지, 나는 흑당이의 사인을 읽을 수 없었고 흑당이는 나를 완전히 믿지 못했다. 처음엔 그랬다.

어느 날 밤 작업방에서 글을 쓰는데 작은 흑당이가 뽀르르 들어와서 내 발 밑에 누웠다. 처음엔 이런 작은 일도 놀라웠다.

"같이 있고 싶어?"
물끄러미(강아지는 말을 못 한다).
"그래, 우리 같이 있자."

나는 그날 편한 기분으로 글을 잘 썼다. 흑당이가 언제부터 나를 원하기 시작했는지는 알 수 없지만 이날 밤이 특별히 기억에 남는다.

나는 점점 알게 되었다. 여러 가지가 보이기 시작했다. 아침에 내가 살아 있나 보러 오는 흑당이의 마음, 외출하다 돌아온 나를 꼬리가 떨어질 정도로 반기는 흑당이의 마음, 머리를 쓰다듬어달라고 손을 머리로 들어올리는 흑당이의 마음, 내가 그 부드러운 털을 쓰다듬을 때 완전히 몸을 맡기는 흑당이의 마음, 소중한 집을 지키기 위해 하루종일 창문 밖을 노려보는 흑당이의 마음.

그중 내가 제일 좋아하는 흑당이의 마음은 이것이다. 늦은 밤 산책을 할 때 일부러 흑당이를 앞질러 저만치 걸어본다. 그럼 못 미더운 엄마가 무리의 맨 앞에 서는 것이 불안한지 흑당이는 열심히 나를 따라잡는다. 그때 나는 발소리. 토토토토토. 저 작은 생명이 나를 지키려고 저렇게 열심히 달려온다. 나는 그 발소리에서 무한한 사랑을 느낀다. 너무 행복해서 얼굴을 찡그리고 어깨를 세우곤 한다.

흑당이는 다른 강아지들을
정말 좋아한다

다른 강아지들은
흑당이를 별로
안 좋아한다

하루에
한두 번은 꼭
창밖의 사람을
보며 짖는다

하암

하아암

으르르르

왕!

안심시키려는
하품
(카밍 시그널)

가까이
오지 마!

왕!

저리 가!

이빨은 유치인 주제에
용맹한 척하는 6개월 경비견

구조되어 처음 병원에 왔을 땐
사람 손 끝만 닿아도 괴로워하며
소리를 질렀다고 한다

지금도
병원에 가면
너무너무
좋아함

빼애애
애액~

괜찮아질 때까지
몇 시간이고 안아주셨다고 들었다

형제들이 하나둘씩
숨을 거두는 걸 지켜본
기억 때문에

유난히 가족을
지키려 하고
낯선 사랑을
경계하는 걸까

괜찮아
대두..

지킬
꺼야...

그럼 더 많이 사랑해 줄게

끝

우
집
커
피
머
신

그래서
며칠 전
큰맘 먹고
열심히 청소를
했다

깨끗해진 머신으로 한 잔
내려서
마셔보니

역시
맛이
깔끔하고

허전
했다

아이씨
어쩌지

나는 딜레마에 빠졌다

세제랑
청소 도구도
샀는데··

정석대로
가끔 씻어가며 쓴다면

걍 지금처럼
작은 가정용 머신에서
기대할 만한 그저 그런
맛을 즐길 수 있겠지

괜찮
네

ㅇㅇ
고마
워요

하지만 다시
안 씻고 버틴다면 언젠가

유럽 어느 시골 마을의
몇십 년 된 동네 카페
같은 깊은 맛을
낼 수 있을지
모른다

하하

끝

방법이
틀린 것 같은데요
아부지

망아 미안

#◎△~!
뇱~!

정말
인생엔
정답이 없다

174

더위가 한풀 꺾이고
선선한 바람이 불 때면
언제나 기분이 좋았다

하지만 이런 생각이
먼저 드는 건
처음이다

이제 다시
아침 저녁으로
오래 걸을 수 있어
흑당아 !!!

가을엔 룸메의 생일이 있다

벌써 10번째 ‥
평범하게 보내려나 싶었는데

나 하고 싶은 거
생겼어!

오
언데
언데

홍대로 여행 가자

홍대입구

1박 2일로

?.?
.?

귀를
의심

홍대 ××라고
불리던
사람

산책 중에 받는 첫 질문은
거의 대부분 이것이다

종이
뭐예요 ?

그리고 이렇게
답할 때마다
어딘가 좀
찝찝하다

믹스
입니
다
...

내
가족을
소개하는
첫 단어가
항상 이거라니

물론 궁금하면 물어볼 수 있다고
생각한다

걸구
이름은
흑당이
예요!

네?
아 네‥

↑
안 물
안 궁

하지만
이렇게 애초에
인사를 나눌 생각이 없었구나
싶은 경우들이 있고

그럴 땐 마치

이야 그거
핸드폰이
아주
새까맣게
잘 빠졌네
어디 꺼예요?

아‥
ㅎㅎ

이런 기분이다

갑자기 평가를 해주시는 분들도 많다

MIX
입니…다

응 그래 근데 아주
까맣게 잘 나왔네
아무리 믹스래두
그게 나아 ㅇㅇ
흰 털이 섞이면
안 돼 더 별루야
내가 진돗개 큰 거
여러 마리 데리구 살어
그래서 잘 알아

긴장
MAX

왠지 다 알아들었을 것만 같아
그런 날은 집에서

우와 흑당아
너는 어쩜
이렇게
흑당이니
~?

아빠는 흑당이가
흑당이라서
너~무
너무
좋아!!!!!
더 커지든
색깔이
바뀌든
상관없어
사랑해~!!

♬ 짱
♬ 신나

칭찬
PARTY

근데 진짜로 좀 알아듣는 거 같은 게

확실히
이런 분은 덜 겁낸다

제일 많이 짖는 날은 정수기 점검일

남자애라구요?
남자애처럼
안 생겼
는데~

네 형님
ㅎ ㅎ...

아들이
동갑이면
친구네 -
서로말 놓고
여기는 너네
형이야

족보 꼬인

하긴 사람들끼리도
초면에 이런 대화를
하니까...

응!?

아니 당신들은
인종이 뭔가요?

← 그래도 이런 경우는
이제 잘 없는 걸 보면

'처음 보는 반려동물과 나누는
좋은 인사법'도
변해가지
않을까

저도 잘
모르겠
습니다~
송송

...라는 마음으로
가장 솔직한
대답을 한다

이름은
흑당이예요!

종이
뭐예요?

끝

186

며칠 쉬면 나을 것 같았지만
그냥 바로 주사를 맞았다

5방
갈게요

덜덜

룸메가 3주간
해외 출장 중이라

무조건 내가
나가야 하기에

겨울왕국
PAJU

실외배변
~외길
~♪

복대
투혼

똥→
봉투

(다음 날)

엄마에겐 이런 느낌이다

산책 중에도 엄마를 종종 챙긴다

아무래도 자기가 지켜야 하는
걱정스런 존재로 여기는 것 같다

어쩜
저렇게
맨날

하루 종일
잘 수가
있지...

너무나 짧았던 뽀시래기 시절
마음껏 안아주지 못한 걸
늘 아쉬워하는 엄마는

지긋지긋한
알러지...

흑당이 덕분에 그간 알러지가 나았다

요즘 좋아하는 것:
흑당이 꼬리로
뺨 맞기

나갈
까?

신 나

실룩

끝

흑당이의 좋은 점과 나쁜 점

흑당이의 좋은 점.

보드랍고 윤기나는 까만 털.

하얀 배.

촉촉한 코.

삼각형 모양의 쫑긋한 귀.

두드리면 두툼두툼한 몸.

콤콤한 냄새.

햇볕을 받으면 따끈해지는 온도.

까만 눈동자 위의 짧고 촘촘한 속눈썹.

가끔 우어우러우얼우어루얼 하고

칭얼거리는 버릇(소리는 바리톤).

물을 밟으면 생기는 귀여운 발자국.

나갔다 들어오면 엄마가 죽었다 살아난 듯 반기는 모습.

힘 있고 쭉 뻗은 꼬리.

간식을 원할 때 허벅지에 살짝 턱을 얹는 모습.

작고 동그란 이마.

당기는 대로 늘어나는 볼.

무심한 표정.

나뭇가지를 주워서 도도도 달려오는 모습.

물을 마실 때 나는 찹찹찹 소리.

뒤에서 달려올 때 나는 탑탑탑 소리.

침대 이불에 싸여 동그랗게 누워 있는 모습.

더 쓰다듬어달라고 엉기는 모습.

눈을 옆으로 떴을 때 조금 보이는 뽀얀 흰자위.

앞서가다가 엄마 엄마 하면

방실방실 웃으며 뒤돌아 뛰어오는 모습.

내 손에서 맛있는 냄새가 나면 낼롬낼롬 핥는 분홍빛 혀.

흑당이에게도 나쁜 점이 있습니다.

엄마가 발을 닦을 때만 가끔
으르렁거리면서 도망을 갑니다.
아빠는 홀롤롤로 우쭈쭈쭈 하면서
요령 좋게 발을 닦는데
엄마는 아무래도 투박한가 봅니다.
아! 가끔 흑당이가 침대 한가운데 누워 있을 때
정중히 비켜달라고 해도 제게 으르렁거립니다.
마치 여러분께 고자질을 하는 기분이군요.

약은 또 오지게 안 먹는 흑당이

그 후로 눈에 띄게 식탐이 줄어든 흑당이

흑흑흑
흑당이가 밥을 안 먹어서
아빠가 지금 너무 슬프다 ~

꾸울
쩍

안 우는 거
티 나요··

다
티 나단니까요··
에휴 오른겠다 나도

흑당이 대신에
아빠가 다 먹어
버려야지~ 와구
와구

와
맛
있
다
~

겨우내 침대에서 같이
귤도 까먹고 고구마도 까먹고
즐거운 시간을 보냈다

그렇게 겨울용 깃털 이불은
개털 이불이
되었다

우리의
해결책은

에부리
싹싹!

중간중간
여기
넣었다
빼면

친구 추천으로 구입한
케이블에서 엄청
광고하는 그거

요기쯤에
털이
모인다!

좀 허접하지만
쓸 만함…;

부작용 : 무한 싹싹

왔다리

갔다리

팔랑팔랑

싹 싹

싹

= 놀이가
아니지요!!

이 이야기를 그리고 얼마 후
흑당이가 늘 뛰어 올라오는 이유가
침실 바닥이 미끄러워서라는 걸
알았어요

지금은
걸어
옵니다
:)

효댕옹 효자매트 거치형 흑당이 매트

흑당이
왔다~

오올치~

그렇게 성견이
된 흑당이와

시간
참
...

다시 여름을 향해 걷는다

백프로 실외 배변 강아지 흑당이는
무조건 하루에　　　두 번 나간다

졸
졸
해

노말한
데다 좀
싸라
...

험난한
펫티켓의
길

앞서 가다가
이유 없이 뛰어와서

몸을 부비는 걸
좋아하고

여전히 강아지 친구들을
좋아 하고

딱 한 번
『낯선 남자 어른』을
반가워한
적도 있다

흑당아 ㅋㅋ
아빠 여깄어
...

← 파마

← 안경

← 비슷한 옷과
체격

어???

내가 봐도 나랑
비슷한 분 ...

엄마 아빠를 위해
싫은 걸 줄여가는 게
고맙고 짠한
흑당이
한 살

잘
참네~

응지~

바라는 게
많아서
미안해

씩 씩
으르르르

여전히 싫은
존재 No.1

끝

220

나무 속
예쁜 새를
만나기도
하고

ㅋㅋ
뭘 그렇게
올려다보나
했네

얼마 전에는
개미들의 긴 행렬을
만났는데

진짜
네

우와
엄청
많아

내 말이!!

흑당이의 밤 산책

길을 따라 걷는다.

인간은 계절의 꽃과 나무와 잎사귀를 본다.
흑당이는 냄새를 킁킁
쉬야를 찔끔찔끔하며
동네 강아지들과 소통한다.
각자의 세상을 읽는다.

작은 수풀을 지나
넓은 잔디밭에 도착해서
밤이 깊어 아무도 없으면
줄을 살짝 풀어준다.

세상에서 제일 신난 표정으로,
흑당이 최고의 속력으로,
잔디밭을 몇 바퀴 빙글빙글 돈다.

그러다 슬그머니 구석에 가서
끙아를 한다.
인간은 끙아를 치운다.

넓고 깜깜한 골목길에서
왜인지 아빠와 흑당이가 신나게 달린다.
엄마는 뒤에서 터덜터덜 걷는다.
엄마 보러 가자!
흑당이와 아빠가 다시 뛰어온다.
엄마는 흑당이를 있는 힘껏 쓰다듬어준다.

고무로 된 과속 방지턱에서
흑당이가 기묘한 댄스를 춘다.

강아지를 싫어하는 관리인이 있는 건물을
살짝 째려본다.

꽃집 앞을 지난다.
쇼윈도에 있는
그 주의 꽃과 도자기를 본다.
흑당이도 좋아하는 곳.

흑당이가 집에 들어가지 않으려고 살살 눈치를 본다.
익살스러운 말투로
준비이이이이이이이이이 땅! 하면
흑당이도 뛰고 엄마도 뛰고 아빠도 뛰고

대부분 흑당이가 1등으로 현관에 도착한다.
흑당이 대단해!
최고 강아지!

마구 칭찬하며 발을 닦는 것으로
오늘의 산책도 끝이 납니다.

Story 3

FAMILY

화장실에 갇힌 흑당이 발견!

초보 엄마 아빠는
얼마나 미안했는지 모른다

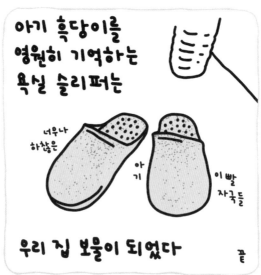

서로를 부를 땐
거의 애칭을 쓴다

＝뭉돌아ー

혹은

뭉아 뭉돌멩이야 돌멩아
뭉끼뚱끼야 뭉삐뿡뚱키콩아

짜미야ー

혹은

쪼미야 짜짜미야 짜맹이야
쪼쪼미야 쪼돌아 쪼돌멩이야
쪼식아 쪼식순아 쪼삐야 쪼삐뿌빠삐코야

237

정색할 때는
본명을 사용한다

잘 생각해봐
그거 아니잖아
진환아

30분만 쉬고
준비한다고 했잖아
지은아

그리고 결혼 후
새로운 호칭이 필요해졌다

듣기 왔습니다 —
관계가 어떻게
되시죠?

아 쪼…
여친…
아니
그…저…
마늘…
그니까 그
…ㅜ_ㅜ

'아내'라는 말은 어쩐지 쫌 어색했다

결국
안사람,
집사람 같은
느낌이란
말이지
...

어쩔 땐
내가 더 —

우리 아내가
계란 후라이 하나는
곧잘
하지

허
허

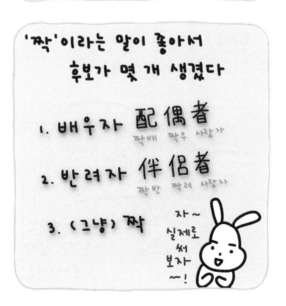

'짝'이라는 말이 좋아서 후보가 몇 개 생겼다

1. 배우자 配偶者
   짝배 짝우 사람자

2. 반려자 伴侶者
   짝반 짝려 사람자

3. (그냥) 짝

자~
실제로
써
보자
~!

다음 대화에서
손님의 대답으로
젤 무난한
것은?

Q : 포인트 적립
하시나요 —?

A : 네! 제
① 배우자
② 반려자
③ 짝
걸로 적립할게요!

결정~!

룸메·동거인·동반자
이런 말들도 좋다

그래서
하루는 제
동거인이
...

ㅋ

그냥 재미로
쓰는 말 같아
보이지만

'지금 내 의지로 같이 살고 있고
가능하다면 앞으로도 쭉
같이 살고 싶은 유일한 사람'

… 이라는
뜻으로
쓰고 있다는 걸
우리는 안다

어이 룽메에 씨

왜 그러시죠 동거인님

그 마음이 얼마나 중요한 건지도

흑당이도 호칭이 여러 개다!

땅구!

땅구땅구!

땅이!

땅이 땅이!

땅구맨!

대단이!

밥 잘 먹는 강아지!

땅구링꼬!

똥 잘 싸는 강아지!

예쁜 강아지!

착한 강아지!

집 지키는 강아지!

천사 강아지!

꿈치!

오래 안 씻겼더니 정수리에서 꼬치냄새 ㅜㅁㅜ

끝

241

우리의 규칙

모든 것을 함께하려고 하지 않을 것.

– 가끔씩 떨어져 있어야 함께할 때 더욱 반갑다.

각자의 일과 생활의 패턴을 존중할 것.

– 그는 아침에 일하는 걸 좋아하고

　나는 늦게 일하는 걸 좋아한다. 그걸 맞추려 들지 않는다.

일에 대해서 얘기할 땐 미리 양해를 구할 것.

– 깜빡이를 켜고 들어오자.

　상대방의 집중을 구할 땐 괜찮은지 미리 물어본다.

하고 싶은 말이 있을 때 정리된 언어로 확실히 말할 것.

– 살다 보면 배배 꼬여 빈정거리고 싶거나
  핵심을 피해 어리광을 부리고 싶어질 때가 있는데
  문제 해결에 하등 도움이 되지 않는다.

불만을 말할 땐 사랑을 담을 것.
– 손을 잡고 말하는 것도 좋다.

상대방이 중요하게 생각하는 것들을 존중할 것.
– 나는 시체처럼 누워 있는 시간이 굉장히 중요하고
  그에겐 멍하게 마리오를 플레이하는 시간이 중요하다.

존재를 당연하게 여기지 않을 것.
– 어떻게 얘가 지금 내 앞에 나랑 같이 있지! 하는
  마음을 기본으로 "고마워"와 "미안해"를 달고 살 것.

마음껏 귀여워할 것.
– 특히 나만 아는 모습을.

이런 느낌으로 일단 가능한 한 길게
함께 지내볼까 하고 있습니다.

우리가 밖에서 뭘 하는지
전보다 궁금해하는 느낌이다

산책 중에 가끔
빵이나 김밥을
살 때가
있는데

확실히 요즘은 뭔가 더
이해하려고 노력하는
것처럼 보인다

밤이 되면 침실 앞에
먼저 가서 기다린다

249

투정
부리고

잎 자나 ..

싶은 밤

지켜줄게

나는 한 연인이 다른 연인에게 하는 "지켜줄게"라는 말을 도통 믿지 않는다. 무엇으로부터 어떻게 지켜준단 말인가? 하고 의문이 떠오를 뿐이다. 물가 상승률로부터? 설거지 더미로부터? 달려드는 자동차로부터? 괴한으로부터(칼을 든 사람을 상대로 어떻게)?

그런데 흑당이는 나를 지킨다. 쉬지 않고 지킨다. 작업실에 둘이 있다 보면 아주 작은 복도 소리에도 경계하며 나를 지키려고 쉴 새 없이 왔다 갔다 한다. 길을 걸을 때도 쉴 새 없이 엄마를 지키기 위해 경계하고 앞서 걸어간다. 흑당이는 아마도 자기보다 덩치가 훨씬 큰 존재가 위협해와도 용맹하게 나를 지키기 위해 덤벼들 것이다. 엄마는 안다.

인간의 말은 가볍게 느껴지는데 왜 강아지의 경우엔 믿게
될까?

강아지들은 대단해.

일어나려는데 …

그대로 다시
앉았던 기억

아빠는
못 잊어

사실 흑당이의 하루는
대부분의 시간
심심하다

하 아 -

그러다 가끔
친구와 있을 때
즐거워하는
모습을 보면

끝이
안 나네

ㅋㅋ

받아라
슈퍼 울트라
빔!

레이저
방패

로키 ♡

자연스럽게 둘째를
상상하게 된다

흑당이에게

동생이

필요한

걸까?

어떤 아이와 눈이
마주치기라도 하면
폭주한다

믹스 ♥
수컷 / 2kg
발견장소...

흑당아
잘 봐!

?

너도
운명이
느껴지니
!?

누가
이런
애를

분명한 건
지금 우리 행복의 모양이

세모라는 것

이 세모를

깨고 싶지 않다는 것

우리는 아이를 갖게 될까?

아주 어릴 땐 의심도 하지 않았다. 내가 엄마가 될 것을. 인생의 당연한 과정이라고 생각했고 심지어 조금 기대하기까지 했다. 아기를 낳으면 표현할 수 없을 정도의, 기적에 가까운 기쁨이 있을 것 같았다. 출산은 두려웠지만 다들 하니까 할 만하지 않을까 생각했다. 나 자신도 인격적으로 크게 성장할 수 있을 것 같았고 더 넓은 세계를 볼 수 있을 것 같았다. 연애를 하면 이 사람과 아이를 가지면 어떨까 몰래 상상해보기도 했다. 호르몬의 장난인가? 싶을 정도로 아기가 엄청 갖고 싶던 시기도 있었다. 아주 깊은 곳에서 뭔가가 끓어오르는 느낌이었다. 그 시기를 나는 '베이비 크레이지'라고 불렀는데 지금까지 세 번 정도 온 것 같다.

그리고 서른이 되고 서른다섯이 되고 마흔이 되었다. 사람들이 충고를 하기 시작했다. 어차피 낳을 거면 빨리 낳아. 하루라도 빨리 낳아야 덜 고생해. 가임 연령이라는 말도 걸렸다. 35세가 넘는 임부는 기형아 검사를 따로 해야 한다는 말도 신경쓰였다. 나는 그럼 일단 낳아야 하나? 조급해해야 하나? 그건 아닌 것 같았다. 일단 해놓고 나중에 어떻게 될 일이 아니었다. 낳는 경우, 낳지 않는 경우, 두 경우 모두 아주 많이 알아보고 찾아보고 생각해보고 정할 일이었다. 돌이킬 수 없으니까.

가장 친한 친구가 아기를 낳고 이렇게 말했다.
"지은아, 너는 하지 마. 이거 아무도 하지 마."

가장 친한 친구이자 나의 모친인 구 여사는 이렇게 말했다.
"아기 낳고 3년 동안 아무것도 못 할 것 같다고?
무슨 소리야! 20년이야!"

동거인의 부모님은 아기를 엄청나게 원하셨다. 1월 1일 신문에 실린 그날 태어난 쌍둥이 아기의 사진을 오려두셨다가 나에게 슬쩍 들이밀 정도였다(모르는 아기 사진을 왜 보여주시죠? 하고 대답했지만).

진지하게 생각해보면 생각할수록 기대나 기쁨보다는 두려움에 가까운 감정이 들었다. 일단 일을 한동안 못 하게 된다는 것. 프리랜서라서 더욱 불안했다. 그리고 아무리 남편이 육아를 전담한다고 해도 아기가 엄마에게서 떨어지지 않으려고 하면 어쩔 수 없다는 것. 온갖 호르몬이 엄청나게 나와서 마음이 크게 불안해질지도 모른다는 것(나는 마음을 재료로 일을 하는 사람이라서 이 부분이 특히 겁이 났다). 아이의 엄청난 에너지에도 지치지 않고 사랑을 계속 줘야 한다는 점. 그런 와중에 "엄마 글 써야 하니까 너 저리 가" 하고 말하면 안 된다는 점. 내 끼니는 건너뛰어도 아기 밥은 챙겨줘야 한다는 점. 심지어 대충 때우면 안 되고 이유식이란 걸 만들어줘야 한다는 점. 그렇게 키우고 나면 언젠가 자기 방문을 쾅 닫고 "엄마 X라 싫어"라고 말할지도 모른다는 점. 많은 사춘기 아이들이 그렇듯 부모를 부정하고 싫어하면서 성장하게 될 것이라는 점. 그리고 가장 무서운 부분. 한 사람의 세계가 형성되는 데 크게 영향을 끼치게 된다는 점. 한 인간과 엄청나게 깊은 인연을 평생 맺게 될 것이라는 점. 세상에… 너무 아득했다.

그리고 흑당이가 우리 집에 왔다. 자동으로 엄마 그리고 아빠가 되었다. 강아지도 이렇게 귀여운데 나와 그의 유전자가 반씩 섞인 작고 보들보들하고 꼬수운 냄새가 나는 아기, 나를 어마어마하게 사랑해서 나에게 안기고 싶어 울기까지 하는 생명을 만나는 일에 대해 다시 생각해보게 되었다. 어쩌면 동거인은 좋은 아빠가 될지도 모른다. 그는 아이를 좋아하고, 체력이 좋고, 똑같은 놀이와 말을 반복하는 데 특화되어 있고, 마음속에 사랑이 많다. 그걸 바라보며 나는 눈물이 나게 행복해질지도 모른다. 그리고 다른 일로 더 많이 울게 되겠지. 아마 내 인생을 바쳐 그 존재를 사랑하게 될 것이고 그만큼 그 존재에게 상처받을 것이다. 내가 우리 부모님에게 그랬던 것처럼.

우리는 아이를 갖게 될까? 지금 내 대답 소리는 아주 작다.

애플워치 한달 사용기 ㅋ

여러가지 좋은 점이 있다

친구들과 활동을 공유하면 더 재미있다

우와 로키네도 방금 산책했다 ㅋㅋ

띵~

진짜네 오오 2km~

띵~

로키?

일주일 단위로 겨루기도 할 수 있다

이번주도 화이팅!

하하 너두!

고등학교 친구

패배를 안겨 주마!!

흐으아악

이번 주는

어림없다

헉

헉

좋았어!

TV

링 채우기 덕분에

늘 셋이서 산책을 하고

요즘은 거의 하루 종일
집에 같이 있습니다

오늘도
안 나가네
. . .

그리고 하루 두 번 꼭
다 같이 나가서 좋아요

만세

밖
깥

공기
다

살았
다

자꾸
얼굴을
가려서
잘 모르겠지만

엄마아빠도
좋아하는 것
같습니다

그러고 보니

저 큰 가방을 안 꺼낸 지도

한참 되었습니다

큰 가방을 꺼내면 누군가 한동안 집을 떠납니다

글 쓰고 올게

힝구

힝구

엄마가 제일 많이 떠납니다

엄마가 떠나면

아빠랑 편하게 자서
좋아요

셋이 같이 자면
나만 자꾸 깨거든요

행복의 모양

행복의 모양은 어떤 모양일까.

완전한 동그라미일까,

반짝반짝 별 모양일까,

안정적인 네모 모양일까.

불교에서 마음은

담는 그릇에 따라 모양이 바뀌는 것이라던데

행복도 그런 걸까.

동거인을 만나기 전

나의 행복에는 구멍이 뚫려 있었다.

아무리 좋은 일이 있어도 막히지 않는 구멍.

동거인을 만나고 난 후에

그 구멍을 자주 잊을 수 있었다.

간혹 없어진 것처럼 느껴질 정도로

우리는 실없고 귀엽고 따뜻하고 웃긴 시간을 같이 보냈다.

그리고 흑당이가 왔다.

나는 사랑에는 총량이 있어서

어딘가에 한껏 부으면

다른 곳에는 모자라게 되는 줄 알았는데

사랑하는 존재가 하나 더 생기면

사랑은 제곱이 되는 것이었다.

흑당이가 나를 사랑하고

나도 흑당이를 사랑하고

흑당이가 아빠를 사랑하고

아빠도 흑당이를 사랑하고

나는 그런 둘을 사랑하고.

우리의 행복의 모양은 지금

완벽한 세모.

③ 200㎖ 우유 한 팩을 더 뜯는다

꼭 이 우유를
씁니다
왜냐면

소화가 👍!

락토프리

④ 100㎖를 땅구에게 준다

이 우유는
강아지가
먹어도
된대요

⑤ 나머지는 팬에 붓고
약불에 데운다

팬이 작아서

흑당이 안 주면
넘쳐요 …

달
칵

⑥ 뜨겁지만 끓지는 않을 정도로
데워지면
티백을 3개
넣는다

⑦ 2분 정도 더 데운다

진짜로 춥니다

흑당아
2분 동안
땐스땐스!

⑧ 밀크티가 부드러운 갈색이 되면
컵에 나눠 붓는다

?!

♪

⑨ 꿀을 듬뿍 넣는다

⑩ 땅구를 달래준다

흑당이와 우유

흑당이는 우유를 좋아한다.

소화가 잘 되는 우유는 마실 수 있다.

나는 원래 우유를 잘 소화시키지만

흑당이 때문에 항상 그 우유를 마신다.

200밀리리터 멸균팩을 뜯으려고 할 때마다

흑당이의 눈에선 불이 나온다.

그럼 어쩔 수 없이 마시던 우유를

밥그릇에 쪼르륵 부어준다.

그럼 촵촵촵 하고 마시는데

그 모습이 얼마나 뿌듯한지 모른다.

우유와 곁들이는 간식으로는 고구마와 밤이 있다.

갑자기 다른 얘기지만,

한번은 떡볶이를 먹는데 그 맛이 궁금했던 흑당이가

나 몰래 뚜껑에 있는 국물을 한 방울 핥고는

재채기를 스무 번 정도 했다.

그 이후로는 매운 음식은 쳐다도 보지 않는다.

가끔은, 왜 그런걸 먹어요, 하고 불쌍하게 나를 바라본다.

맛있으니까 먹지, 바보.

그래도 늘 어찌어찌
먹을 것을
구해 옵니다

♬♬

마트 배송
왔다~

...

사냥도
안 하던데...

그 대신 나는
우리 가족을
지킵니다

땅구
꼴리면
자~

호로록

엄마
아빠
밥
먹는 동안

...

꾸벅

경계
근무
해야지

303

2년 넘게 했더니
익숙해져서

새로 이사 온
203호 둘째가
잘 적응하고 있군!

깍

초초

깍

엄마들
끼리도
친해졌군!

일은 수월한 편입니다

하지만 경계를 늦출 수는
없습니다

이안~
집 보러
왔어

놀래
라ㅋㅋ

멍

안 돼
=3

멍

죄송
합니
다

멍

중요한건 기합

천사가 아니야

이랬던 흑당이가 요즘 훈련을 하고 있다. 아주 무시무시한 훈련이다. 배달이 오거나 손님이 왔을 때 심하게 짖으면 흑당이는 화장실에 갇힌다. 15초간. 단호하게 흑당이를 척 하고 들어서 화장실에 두고 문을 닫고 너무 괴로워 둘 다 손바닥으로 얼굴을 감싼다. 15초가 얼마나 긴지 모른다. 그리고 문을 다시 열어주면 흑당이는 내게 다가와 '아직 나 사랑하는거 맞죠?' 하는 느낌으로 쓰다듬어달라고 한다. 그때 무너지면 안 된다. 다시 한번 얼굴을 감싸고 싶어진다.

계기는 티비 프로그램이었다. 많이 짖는 개와 함께 사는 사람이 전문가에게 도움을 요청했다. 전문가는 말했다. 개가 사람들이랑 더 잘 어울리고 궁극적으로 더욱 행복하기 위

해선 행동을 제한받아야 한다고. 본능을 억누르는 훈련을
해야 한다고.

맞는 말이었다. 그리고 우리가 이제까지 하던 훈련은 다 소
용이 없었다. 싫다고 말하기, 혼내기, 전부 통하지 않는 방
법이었다. 흑당이는 종종 짖었고 사람들은 가끔 놀랬다.

심각함을 깨달은 순간이 있었다. 고양이를 보고 흥분하는
흑당이의 모습을 본 동네 아이가 겁에 질려 자기 집으로 달
려가는 모습을 봤다. 내 눈에는 아기지만 다른 사람들 눈에
는 16킬로그램의 까맣고 커다란 맹수다. 우리야 흑당이가
자기도 겁이 나서, 그저 우리에게 위험 신호를 보내기 위
해 짖는 것을 알지만 다른 사람들은 그것을 모른다(그리고
그게 당연하다). 그리고 사실 보컬 엄마 아빠를 닮아서인지
소리도 엄청 크다….

흑당이는 몇 번 갇혀보더니 귀신같이 우리의 뜻을 이해했
다. 짖지 않았다. 바깥에서 소리가 나도, 배달원이 벨을 눌
러도, 손님이 와도, 끄응, 하고 참았다. 흑당이는 사실 잘못
이 없다. 수상한 사람이 집에 침입한다면? 우리를 해치려
고 한다면? 그때 흑당이가 짖지 않는다면? 흑당이의 세계
에서 흑당이는 정당하다. 흑당이는 장난으로 재미로 짖는

것이 아니다. 흑당이의 눈에 이 세상은 너무 위험하고 우리는 너무 순진하다. 하지만 뜻을 꺾어주었다. 아기 때부터 집 지키는 것만 생각하고 살아온 강아지가 우리 사랑을 받기 위해서 본능을 억눌렀다. 대견하고 장하고 짠했다.

아마 흑당이는 훈련을 계속해야 할 것이다. 그만 깜빡 짖고 나서 또 화장실에 갇혀 시무룩할지도 모른다. 하지만 우리를 사랑하기 때문에 기꺼이 하겠지(그리고 잘 참았을 때 받는 간식도 사랑하기 때문에 더 기꺼이 하겠지). 우리도 미안하고 고마운 만큼 흑당이를 더 사랑하겠지.
맛있는 간식 준비할게, 흑당아.

P.S. 그래도 흑당이는 천사이기 때문에 이 제목은 맞지 않다고 흑당이 아빠가 이의를 제기했으나, 더 좋은 제목이 떠오르지 않아 그대로 둡니다.

흑당이는 이제

「갔다
올게」

라는 말을
완전히 알아듣는다

전에는 엄마 아빠가
나갈 준비를 하면

어쩌고
흑당아

산책
아닌데~

산책이란
말 자체를
하지 마
ㅋㅋ

푸흥
<3
푸흥

무쪼건 신났지만

이제는 미동도 하지 않는다

다 알아 들었다고요...

퓨

흑당아 엄마 아빠 나가서 방 먹고 엄마 데려다주고 편의점 들렀다가 짐거래하고 올게~ 갔다 와서 산책 하자

괜히 미안

그래도 손이라도 좀 흔들어 줘라 잉마

가끔 뭔가를 두고 와서 다시 들어가면

아이 차키!

거실 테이블에서 본 듯

터벅

흑당이와 함께
사진 촬영을 했다

전날부터
설렘 반
긴장 반

너두
이거
할래?

ㅋㅋ

킁킁

우려와 달리
흑당이는 아주 자연스러웠다

ㅎㅎ

너무
좋아요
!!

촬영
찰칵

흑당이
예쁘다
~!

결혼해서 좋았던 점 :
1 제도적 혜택

와 우리
이거
된다
!!

대박
적

신혼부부 첫
내 집 마련
저금리 대출
안내
△×ㅁ··

이상입니다···

고생
했어
ㅋㅋ

아무리 떠올려봐도
100% 확실한 장점은
그것밖에 ···

물론 그게
큰 혜택이라는 건
알지만 ···

···

그럼 결혼한거 후회해?

음... 아니

이 사람을 만나 함께 한 것 중에

후회되는 건 하나도 없어

시간이 허락할 때까지
함께 하고 싶은 것들이 너무 많아

후회 같은 건 제일 마지막에 할래

10년 동안 같이 살면서 좋았던 점을
읊어봐줘 그럼 내가

몇 시간이고
대답해줄게

재밌고
웃기고
입안이 취향이
어쩌고
저쩌고

나는
2년!

됐어
잘 알았어

그만해

끝

영원에 대하여

예전에 음악하는 어떤 선배의 대기실에 동거인과 함께 간 적이 있다. 우리가 알콩달콩해 보였는지 선배가 이런 농담을 했다. 너네 언제까지 그렇게 좋을 수 있을 줄 알아! 그래서 내가 이렇게 대답했다. 맞아요. 그래서 좋을 수 있을 때까지는 좋아보려고요. 선배 말에 지지 않으려고 한 게 아니고(지금 생각해보면 좀 눈치가 없었나 싶기도 하고) 하여튼 나는 그게 진심이었다. 내 연애관은 그랬다. 영원은 없을 테니 지금 최대한 잘 지내고 싶은 마음.

사람의 인생은 길고 언제 무슨 일이 일어날지 모른다. 사랑이라는 감정은 믿을 수 없다. 현재의 맹세는 허약하다. 그렇게 믿는 나 같은 사람도 연애를 했다. 누군가를 지금 좋

아하고 사랑하기 때문에. 나중에 헤어질 거라면 아예 시작
도 하지 말자는 말이 가장 이해가 가지 않았다. 나중에 헤
어질 테니까 지금 최선을 다해야 하잖아, 하고 생각했다.

연애는 보통 짧았다. 그래서 이번 연애도 짧을 줄 알았다.
무슨 어떤 이유에 결국 헤어지게 되겠지. 그런데 이상하게
계속 만나게 되었다. 그리고 아주 신기한 부분이 생겼다.
아주 유치한 내가 생겨버렸다. 계속 웃었다. 새로이 웃었
다. 어린아이 같은 표정이 나오네? 하고 엄마가 말했다. 내
가 잃었던, 다시 갖지 못할 것이라고 생각했던 부분을 되찾
아주는 사람이었다. 나는 자주 행복했다. 개인적으로 가지
고 있는 문제들은 어쩔 수 없어도 좋은 순간이 참 많았다.
그리고 항상 새롭게 고마웠고 새롭게 미안했고 새롭게 좋
았다. 눈을 뜨고, 와, 이 사람이 나랑 같이 있다니, 정말 잘
됐다, 정말 고마운 일이야, 하고 아직도 생각한다. 한순간
이라도 그가 당연한 적이 없었다.

그래서 결혼을 했나 보다.

무기 뽑기

내 인생에서 게임의 무기 뽑기는 참 중요한 부분을 차지하는데, 가장 결과가 좋은 때는 흑당이의 촉촉한 코를 한 번 만지고 그 촉촉한 손가락으로 뽑기 버튼을 누르는 것이다. 그 방법으로 슈퍼 슈퍼 레어 무기를 참 많이 얻었다. 성진환의 손가락도 제법 성적이 좋아서 새벽에 몰래몰래 손을 빌려 누르곤 했는데 이번엔 꽝이 나와서 아쉬웠다. 아아, 아까운 내 보석.

'1년 후에 계속'
이라고 쓴 지

요가
너무
좋아!

매일
하자!

2년이
넘었다

지금은 요가를 꾸준히 하고 있다고
말할 수는 없다

어어 좋다~

사바아사나
(누워서 쉬기)
전용 매트로 사용 중

...
사실 1년도
채우지 못했다

단지 게을러서는 아니고
허리가 아파서 언젠가부터
하기 힘들어졌다

얼마 전 CT 촬영을 했는데
디스크가 이미 예전에 터졌고
지금도 상태가 안 좋다는 걸 알았다

이것저것 알아본 결과
허리를 앞으로 굽히는 동작은
대부분 나에게 안 좋은 것 같다

요가 하면서
무지하게 굽혔는데 —

아이
고 ～

흐아악

흐어어

↑ 이 자세도 이미 안 좋음

자기 몸에 무리가 안 가는 선에서
해야 하는데 …

※ 기억에 왜곡이
있을 수 있다

자 그 상태로
날아
오르세요

네 ?

할 수
있어요

약간
타오르신
듯 …!

뒤로 꺾는 자세는
디스크 환자에게 좋다고 한다

후ー

「부장가사나」
혹은 코브라 자세

요즘은
이 스트레칭을 자주 하고
정말 많이 좋아졌다!

흐업

요가의 기본 자세를 떠올리면
척추 건강에 좋은 자세를
유지할 수 있다

그냥 걷지
말고ー

아오 올라
더워
~~!!

'우디아나
반다'를
기억해!

어깨 내리고
가슴 펴고

아랫배를
뒤로 당기는 힘

더워
~~!!

결과적으로 요가를 만난 건
좋은 일이었다

덕분에
내 몸의 소리에
더 귀를 기울이게
되었고

1분 동안
심호흡
ㄱㄱ~

'무리하지 않는 것'의 중요함 또한
배우게 되었으니까

에구…
내가
해도
되는데

아니야!
이거 허리에
무리 가-

올라가
쉬어
~!

끼요호호호
일
하나
줄었다 개꿀

식기
세척기

끝

이런 이야기들의 무게가
예전과 전혀 다르다

○○네 강아지
오늘 세상
떠났대

아아
결국
...

가장 건강하고 즐거운 순간에도
문득
겁이 난다

흑당이도 이런거
못 하게 되는 때가
오겠지?

슈웅

그렇
겠지...

잘한
다~

우다다다

원고를 마친 어느 날

조금 더
써야 하나 …

작업실에서
돌아오는 길

BUS

한 아이를
만났다

야—옹

헉

잠시 후

잠시 후

그리고
며칠 후

어쩌면 조금 더 운명을

믿게 되었는지도 모른다

행복의 모양은 네모

나는 종교가 없다. 신을 믿지 않는다. 신이 있다고 생각하기엔 세상이 너무 잔인한 것 같다.

흑당이를 처음 만났을 때 이름을 바로 고민했다. 귀여운 강아지를 보아도 보통은 개를 키우면 안 되는 이유가 먼저 떠오른다. 시간을 낼 수 없어서, 끝까지 돌볼 자신이 없어서, 알러지가 걱정되어서 등등. 그런데 운명이라는 게 있는지 흑당이를 만나고는 그런 것들 전부가 당연히 극복해야 하는 일들로 느껴졌다. 얘는 흑당이고 지금부터 나랑 살 거야, 하는 확신이 있었다. 우리는 같이 늙을 거야. 그런 확신은 인생에 몇 번 오지 않는다.

그리고 2년 반이 흘렀다. 우리의 인생은 흑당이를 만나고 조금 바뀌었다. 흑당이가 우리에게 주는 사랑으로 우리가 더 자라나는 것을 느낀다. 이것이 행복의 모양일까, 생각하는 순간 갑자기 아기 고양이 꼬마가 나타났다. 꼬마를 만났을 때도 흑당이를 만났을 때와 비슷했다. 어쩌지? 하는 생각보다 얘는 꼬마고 지금부터 나랑 살 거야, 하는 생각이 강하게 들었다. 그다음은 동화 같았다.

오늘은 꼬마가 집에 온 지 일주일째. 벌써 흑당이와 꼬마는 침대에서 나란히 몸을 붙이고 잠이 든다.

신은 있는 걸까? 운명이라는 것은 있는 걸까? 인생에서 이런 마법 같은 일이 일어나기도 하는 걸까? 의심이 많은 나지만 슬슬 인정해야 할 것 같다. 내 인생에 꿈 같은 일들이 일어났다고. 소중히하고 고마워하고 더 많이 사랑해야지. 쉽지 않겠지만 앞으로 쓰라린 일도 많겠지만 함께라면 괜찮겠지.

우리의 행복의 모양은 아무래도 막 네모로 바뀐 것 같다.

twitter, instagram @heukdang

괜찮지 않을까,
우리가 함께라면

초판 1쇄 인쇄 2020년 10월 29일
초판 1쇄 발행 2020년 11월 6일

지은이 성진환 오지은
펴낸이 김선식

경영총괄 김은영
기획편집 조혜영 **책임마케터** 박지수
마케팅본부장 이주화
채널마케팅팀 최혜령, 권장규, 이고은, 박태준, 기명리
미디어홍보팀 정명찬, 최두영, 허지호, 김은지, 박재연, 임유나
저작권팀 한승빈, 김재원
경영관리본부 허대우, 하미선, 박상민, 김형준, 윤이경, 권송이, 김재경, 최완규, 이우철
외부스태프 디자인 형태와내용사이

펴낸곳 다산북스 **출판등록** 2005년 12월 23일 제313-2005-00277호
주소 경기도 파주시 회동길 357 3층
전화 02-704-1724 **팩스** 02-703-2219 **이메일** dasanbooks@dasanbooks.com
홈페이지 www.dasanbooks.com **블로그** blog.naver.com/dasan_books
종이 (주)한솔피앤에스 **인쇄·제본·후가공** 갑우문화사

ⓒ 성진환, 오지은 2020

ISBN 979-11-306-3213-1 (03810)